THE DREAM-QUEST OF UNKNOWN KADATH

梦寻秘境卡达斯

[美]H. P. 洛夫克拉夫特 著
[英]I. N. J. 卡尔巴德 绘
竹子 译

长篇克苏鲁神话图像小说

LOVECRAFT - CULBARD

北京时代华文书局

阿卡姆
ARKHAM

前言

虽然未能在 H.P. 洛夫克拉夫特（1890—1937）生前得以发表，《梦寻秘境卡达斯》仍然是其笔下与梦境有关的故事中最长，同时也可能是最成功的故事。与洛夫克拉夫特创作的大多数故事不同，这篇写于 1926 到 1927 年间的小说从未得到大范围的校订，因而它呈现出一种松散、变幻的感觉，一如它所描绘的那些梦境一般。本文与《查尔斯·迪克斯特·瓦德事件》一道被认为是作者在那一段创作高产时期完成的最有现实基础的作品。

故事跟随伦道夫·卡特的视角，讲述了他旅行前往诸神的家园，恳求他们允许自己前往梦中的奇幻之城的过程。叙述者引领主角穿越了一个有着美丽（以及时而恐怖）风景的世界，这个世界里充满了难以想象的盟友与离奇荒诞的怪物。由于在创作过程中受到了邓萨尼勋爵作品的强烈影响，洛夫克拉夫特通过这篇小说将许多恐怖与奇幻的元素融合成了一个史诗般的故事。它着重聚焦于在想象与逻辑上的非凡跳跃——而这正是构成梦的基础。这本书将洛夫克拉夫特之前创作的许多故事都画在了一起，其中不仅包含了那些故事的主题，也涵盖了其中的人物，虽然严格来说它并不是洛夫克拉夫特的“神话”的一部分，但其中某些元素无疑能够将它与作者笔下那个更加巨大的虚构宇宙紧紧地联系在一起。

作为一个在洛夫克拉夫特笔下一再出现的角色，我们不难从伦道夫·卡特身上看到洛夫克拉夫特心中那个理想的自己——一个受到良好教育，心思缜密，更习惯于沉浸在幻想而非真实世界里的人。在这里，作为一个梦境之地中的探寻者，他在被动的观看者与主动的实践者之间来回转换，正如我们所有人在夜间世界里的所作所为一样。卡尔巴德充满活力的改编极富技巧地捕捉到了这种孪生的梦中状态，不仅让洛夫克拉夫特的叙述变得更加合理，也为一桩桩超现实的、令人恐惧的奇幻情景赋予了生命。

我曾三次梦见那座精美绝伦的城市……
但每一次，我都只能在城市高处的露台中稍作停留，旋即便被紧紧拽住，从梦境中拖离开去。一连三次，皆是如此。
在夕阳之中，所有的一切都闪耀着辉煌而又可爱的光辉……
神秘的气息笼罩着这座城市，就好像那些笼罩在传说中人迹罕至的山脉上的云彩一般……

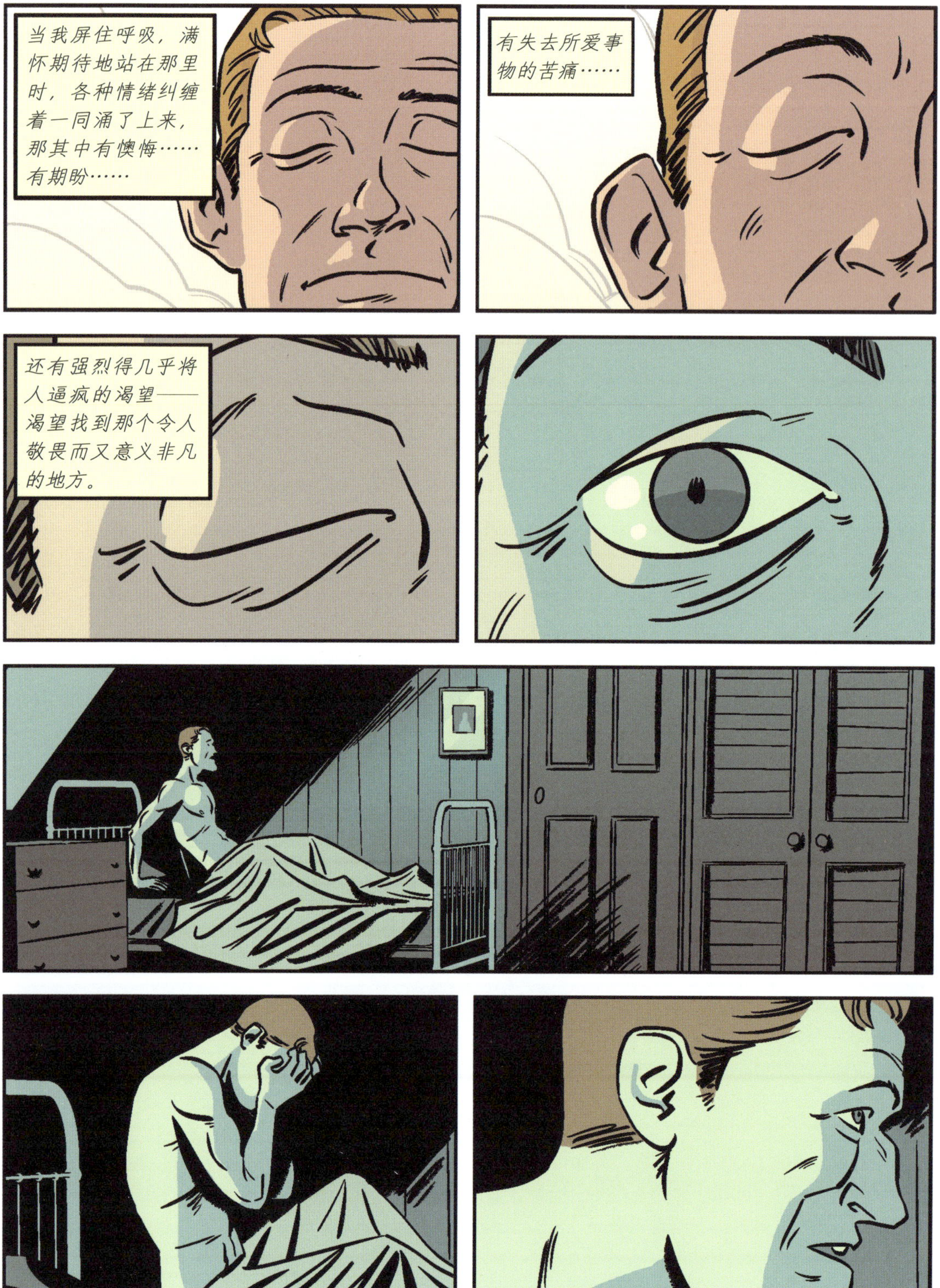
当我屏住呼吸，满怀期待地站在那里时，各种情绪纠缠着一同涌了上来，那其中有懊悔……有期盼……
有失去所爱事物的苦痛……
还有强烈得几乎将人逼疯的渴望——渴望找到那个令人敬畏而又意义非凡的地方。

“皮克曼去哪儿了？”
波士顿
茶&咖啡
我可不是他的奶妈，卡特。
你跟他说过我们今天碰面的事情吗？
我也不是他的私人秘书，今天是星期二，就和之前的每个星期二一样。
作家，艺术家，你们全都一个德行，一个个孤僻又冷漠，没有一丁点儿时间观念。
我从不迟到。
别反驳我，伙计，我正说话呢。
你知道吗？我又做了那个梦。
所以？

我一直在记录这些事……写一本日记。我想要完全弄清楚它……想把那些片段都拼凑起来，至少把那些连贯的部分拼起来。
我在很早以前就放弃了，不过，当初我做这件事情的时候，那些梦全都变得更加生动了。
所以，一直以来……
我把它留在这儿。
你从未想过要把它写下来吗？
小时候，我们听故事、做梦，但我们只能形成一些不成形的念头。
长大后，我们想要记住些什么，但是“生活”这剂毒药已经把我们磨钝修平了。
我们想要弄明白它，但在这个过程当中，我们丢掉了它本来的意思。
伦道夫，你我和其他人不一样。
我们在夜晚醒来，脑子里却是有关美妙山丘与花园的奇异梦境……

"我们梦见喷泉在阳光里歌唱……"
"梦见金色的山崖悬垂在轻声呢喃的海洋上……"
"梦见平原绵延在青铜与巨石组成的城市脚下……"
"梦见自己与紧随身旁的英雄们一同骑着白马沿着茂密森林的边缘飞驰……"

我们瞥见了早就被自己忘掉了的童年，那个白昼里的一切神秘事物都充满了奇妙与快乐的过去……那段我们不够睿智，也没有失去快乐的日子。
我们被理性惯坏之前的日子。
当我第一次瞥见塞勒菲斯，那座位于塔纳利亚丘陵另一边的欧斯－纳尔盖山谷里的城市时，我被护士给叫醒了。
当时，我正要坐上一艘金色的桨帆船出海远航……我简直要发疯了。
哈！
我花了四十年才重新找到它。
它就在那里，和我离开时一模一样。

城市的尖塔在远方闪闪发亮，优雅的桨帆船停泊在凉爽的蓝色港湾里。
我觉得……我觉得那就是我的家。

你应该向那些躲起来的梦境诸神祷告，他们徘徊在秘境卡达斯的云层上，你可以去求他们告诉你该去哪里寻找你梦里的城市，就像我发现塞勒菲斯一样，你也能够知道那座城市的名字。

我恳请您的恩惠，噢，隐匿的梦境诸神哪，请告诉我，应当如何找到那座美妙又超凡脱俗的夕阳之城……
请告诉我……
请告诉我……
请告诉我……

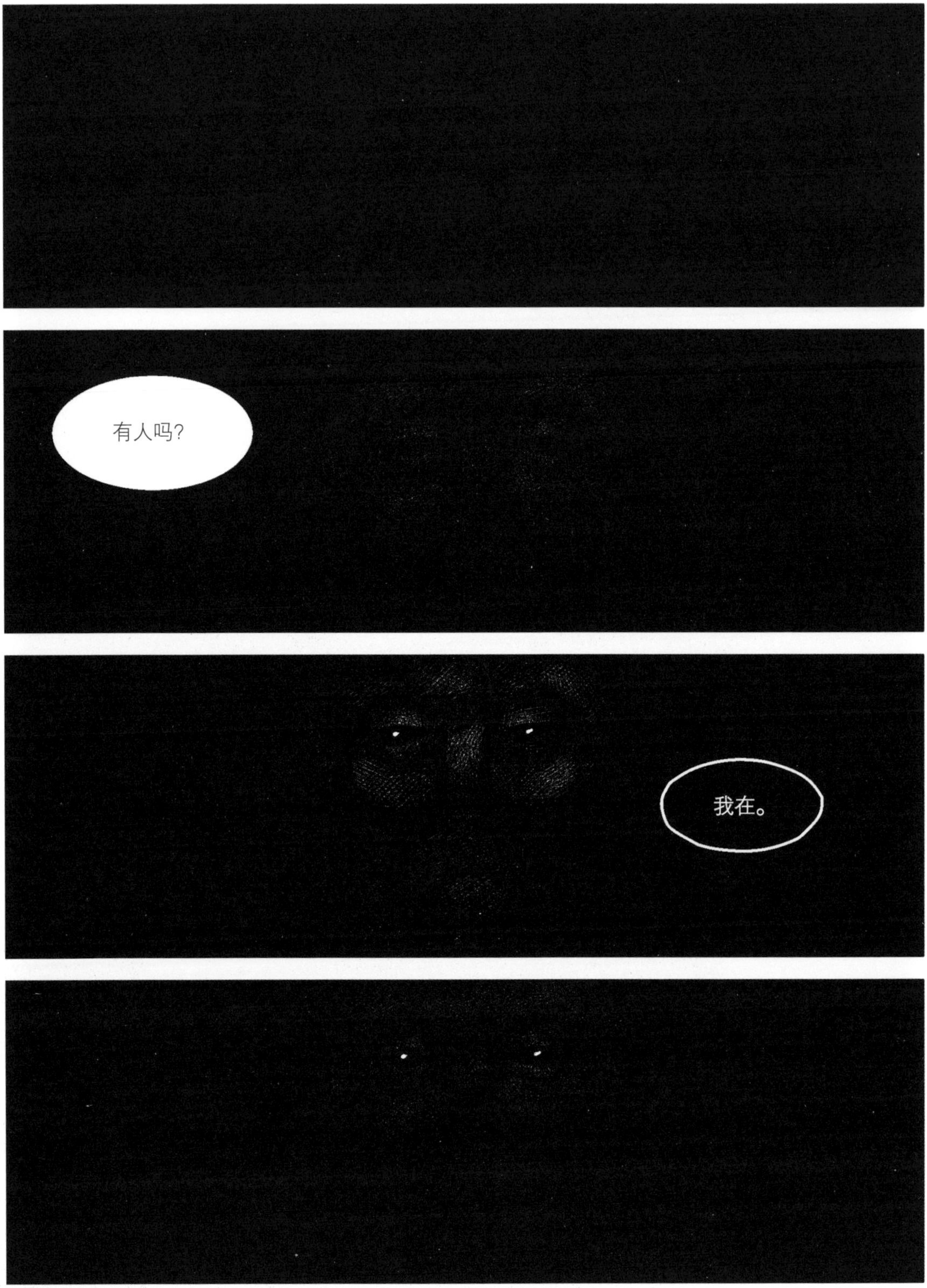
有人吗?
我在。

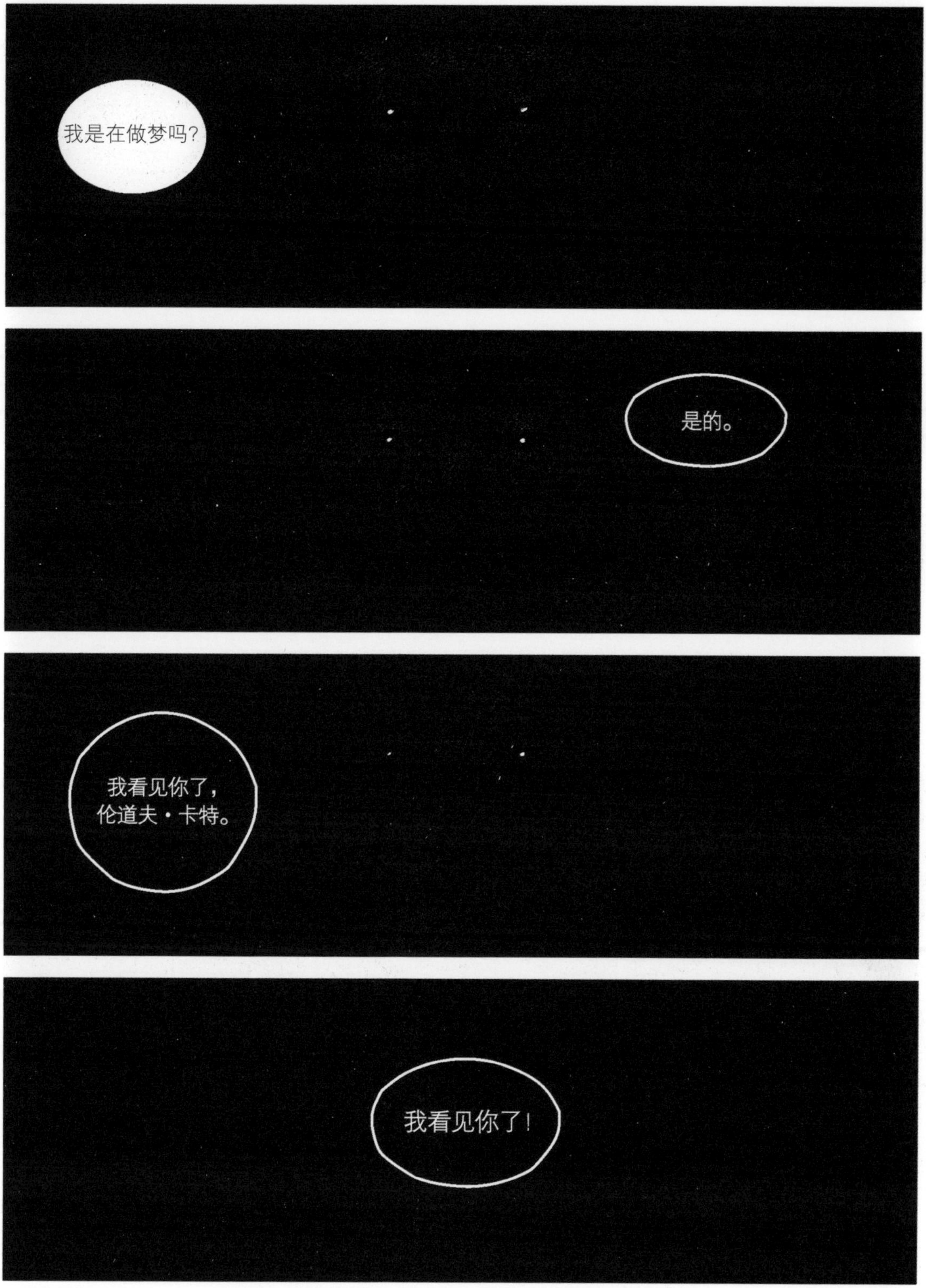
我是在做梦吗？
是的。
我看见你了，
伦道夫·卡特。
我看见你了！

?
梦境诸神已向你明示其等意愿，一再祈愿去招惹他们并非明智之举。
一再祈愿？可我——
无人去过卡达斯。
亦无人知晓卡达斯位于何处，它或在这片梦境之地里，抑或在别处。
如果它存在，那么或许有办法去那里……
太初至今只有三个人类灵魂曾跨越深渊，去往别处的梦境之地。

而在这三人之中，有两个回来时已然陷入疯癫，因为令人惊骇的终极危险就藏在那些深渊之中，它在一切有序宇宙之外的无垠中央，任何梦境都无法触及的地方。它翻滚冒泡，亵渎着一切神明……
那是无所限制的恶魔之王，无人胆敢高声言及它的名讳。
即便如此，你依旧决心要去往冰冷荒漠中的卡达斯，寻找诸神……
从他们那里赢回重新见到那座夕阳之城、记起那座夕阳之城，并住进那座夕阳之城的权利？
我……是的。
如你所愿。
如你所愿。

“小心脚下，卡特，前方的道路充满了危险。”
“这些阶梯后面的森林是迷魅鼠的家园，这些迷魅鼠知晓许多关于梦境世界的秘密，亦对清醒的世界有些许了解，因为这片森林有两处地方与人类的世界相连。”
“它们有点儿偏爱人类的血肉，但倘若你想要寻找秘密，就要勇敢地承受它们的注意。”

咔啦
咔啦
……呼!

你们害怕了？你们在害怕什么？
我知道，你们不是在怕我。
是这东西，我猜得对吗？

我倒是很想知道这下面究竟有什么东西，居然能让你们如此害怕？嗯？
提咔
提咔
提咔
提咔
提咔
提咔
提咔
提咔
我警告你们，保持距离。
我估计这里的链子应该够长，可以保证我一直走到森林的边缘。
你想要什么？你想要安全通过这里？
我想要你们的秘密。
休想！
唰唰唰唰唰咔咔咔！

我说，我说！你想知道什么？
我想去拜见那些行踪隐匿、据说居住在卡达斯的梦境诸神。
卡达斯？
是的，它在哪里？
啊！你在问我？
我在问你。
唰唰唰唰唰咔咔咔！
我不知道它在哪里！我甚至都不确定它是不是在这个世界里。
如果你想知道它的方位，这里没有你想要的线索。
不过，在斯凯河对岸的乌撒，有人曾见过诸神——一位老祭司，他曾爬上一座高山观看诸神起舞。

"如果你去那里，或许能够找到答案。"

锵！

喵！

来者何人?
我叫
伦道夫·卡特。
我知道，您曾
登上过一座山峰，
亲眼见过诸神，并
且活着回来讲述自
己的故事。
是又如何?
我想前往
秘境卡达斯，与
行踪隐匿的梦境
诸神会面。

我猜，你已向他们祷告过，但他们并未回应，是吗？
智者巴尔塞仅仅因为攀登人们所熟悉的哈提格－科拉峰，就在尖叫中被拖进了天空。
如果你找到了这个……秘境卡达斯，事情肯定要糟糕得多。虽然一个睿智的凡人可能在某些时刻胜过那些俗世里的神明，但这些神明被来自宇宙之外的另一些神明保护着，因此凡人们最好还是不要讨论与那些神明有关的事情。
历史上，那些宇宙之外的神明曾两次在地球上的原始花岗岩中留下他们的烙印。根据保存在这里的《纳克特抄本》上的绘画推测，第一次发生在上古之前，另一次则发生在智者巴尔塞试图爬上哈提格－科拉峰窥探俗世诸神在月光中起舞的时候。
因此除了委婉的祈祷外，最好还是不要去理会所有这些神明。
但我想要寻找一座奇迹之城……我曾瞥见过它，我觉得我必须到那里去。
那么我能不能在不打扰这些神明的情况下找到这个地方？

智者巴尔塞没有在意那些农夫的警告，我很害怕，但巴尔塞的年纪很大了，他知识渊博……
毫无畏惧……
因此他带了路，而我像个傻瓜一样跟上了他。
事情发生得太快，他在我前面攀登的时候，我突然就看不见他的踪影了。
“我听见他在喜悦中疯狂叫喊……”
我听见诸神的声音了！
我的智慧让我胜过了这些俗世的神明，他们设下的魔法与障碍毫无用处，我会亲眼见到诸神，见到那些自大的神明，那些隐秘的神明，那些禁止人类观看自己的俗世神明。
“我听不见他所听到的声音，我只能听到他的声音越来越尖，越来越响。”
“他在叫我，告诉我他能看到的所有景象，告诉我神明是如何舞蹈的。”

“我感觉空气发生了鬼魅般的变化。就好像某些更加强大的法则扭曲了尘世的规律，我觉得自己正在向上落去。”
是蕃神！蕃神！
那些居住宇宙之外的地狱里的神明，他们守护着这些弱小的俗世诸神！
转过头去！回去！
不要看！不要看！
是无尽深渊的复仇……那该被诅咒的，那该被憎恨的深坑……
仁慈的俗世诸神啊，我正落向天空！

于是，我闭上了自己的眼睛，捂住了自己的耳朵……
而当我再度睁开眼睛，松开捂住耳朵的双手后，我发现自己正安全地站在山脚下。
但智者巴尔塞不见了，再也没有人见过他。
恩格拉内克山。
什么？
旅行者们说那座山的一侧雕刻着一张巨大的面孔。
那可能是过去诸神在那座山脉顶端伴着月光翩然起舞时亲自雕刻而成的画像。
据说那张面孔的特征非常奇怪，所以任何人都能轻易地认出他们。

有一个办法或许能够帮助你找到卡达斯，你应该去看一看那张刻在恩格拉内克山脉上的面孔。然后去找那些有着相同面目的凡人。
梦境诸神经常会迎娶人类的女儿，因此生活在冰冷荒漠边界上的农夫肯定继承了他们的血脉。
他们或许不知道自己的出身，但他们可能会有一些常被他人误解的古怪念头，会传唱某些远方的景致与花园……他们会被当作傻瓜看待，但他们或许会在无意中泄露这个……卡达斯的秘密。
你能够在南方海洋里的奥瑞巴岛上找到恩格拉内克山。但那座岛在哪里，我也不知道……
“如果你顺着欢唱的斯凯河向下去往南方海洋，那里有一座巨大的城市，它的名字叫作狄拉斯-利恩，在那里你或许能够找到方向。”

有几艘从奥瑞巴岛巴哈那港来的船，其中一艘应该会在大约一个月内返回这里。
要是你乐意，我可以帮你搭上那艘船，等你到了港口后再骑上斑马走两天的路，就能抵达恩格拉内克山。
你见过那张刻在石头上的脸吗？
没有，没几个人见过，那座山的那一边很难攀登，而且俯瞰下去又只能看到一些陡峭的岩壁和满是岩浆的山谷。
不过，你也很难找到其他人问这件事了，
大多数人都忙着悄悄讨论那些不知从哪里驶过来的黑色桨帆船。
不出一个星期就会有一艘带着满舱的红宝石靠岸了。

那些船
怎么了?
那些来做交易的人全都长着特别宽的嘴，而且他们缠头巾的方式也特别难看，他们会在前额奇怪地隆出两个小包。
他们的鞋子也很奇怪。
他们的鞋子?
哈！是的，他们的鞋子，但最糟的还是那些不出面的桨手。
那些船会在港口停上好几个星期，那些商人会下来做生意，但从来没有人见过那些船员。
酒馆老板、杂货商人，还有屠夫，他们特别讨厌那些船。
一般来说，只要有船进入港口，那就意味着要铺好更多的床单，喂饱更多的嘴巴，卖出更多的鞋子——所以酒馆老板、杂货商人，还有屠夫都会大赚一笔。
但是那些黑色桨帆船到来的时候，那些商人只会拿走黄金和从河对岸的帕格运来的矮胖黑奴。

“至于那些味道……我跟你说，如果不是那些红宝石，他们根本不会允许那些桨帆船靠岸。”
你在打听有关卡达斯的事情？
是的。
那边的那个家伙或许能帮上忙。
你在和另一个家伙打听事情的时候，我看见他在偷听，你说起冰冷荒漠的时候，他看起来特别奇怪，像知道些内情的样子。
据说他在与冰冷荒芜的冷原上面的一些可怕石头村落有贸易往来，没有哪个正常人愿意去那里，而且晚上的时候，有人还在远处看见村庄里有邪恶的火光。

甚至有些人说，他和那个不应该被提起的高阶祭司打过交道，那个祭司带着黄色的丝绸面具，独自住在一座古老的修道院里。
这么一个人说不定也曾和你想要去的地方做过生意。
晚上好。
我希望你能帮我个忙。
我在寻找一个位于冰冷荒漠里的地方，我听说你可能曾和那里做过生意，而且——
噢，天哪。

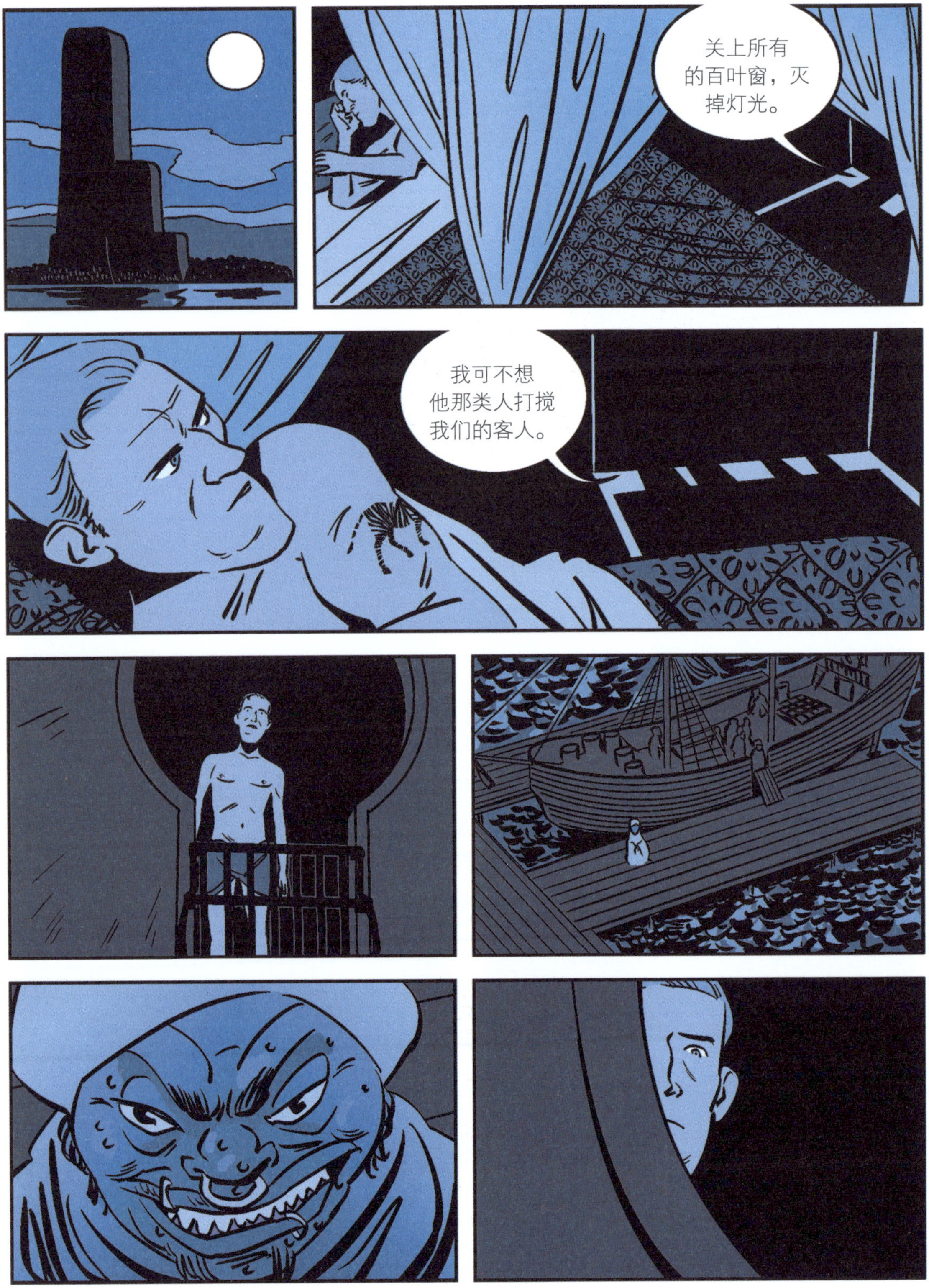
关上所有的百叶窗，灭掉灯光。
我可不想他那类人打搅我们的客人。

我猜，你有
生意要做。
我？
不，我——
你的好奇心可不
这么说，你的心思全都
写在脸上了，你像是想
要打听些消息。
那么你
打算怎么做
这门生意？
所有东西都有
一个价钱。
喝一杯？

现在，你能告诉我什么有关恩格拉内克山的消息呢？
咦，确实，我能告诉你什么呢？
我听着呢。
喝！喝完我们再说！
啊！
所以，嗯……
哈！哈！哈！哈！
哈！哈！
哈！哈！哈！
哈！哈！哈！

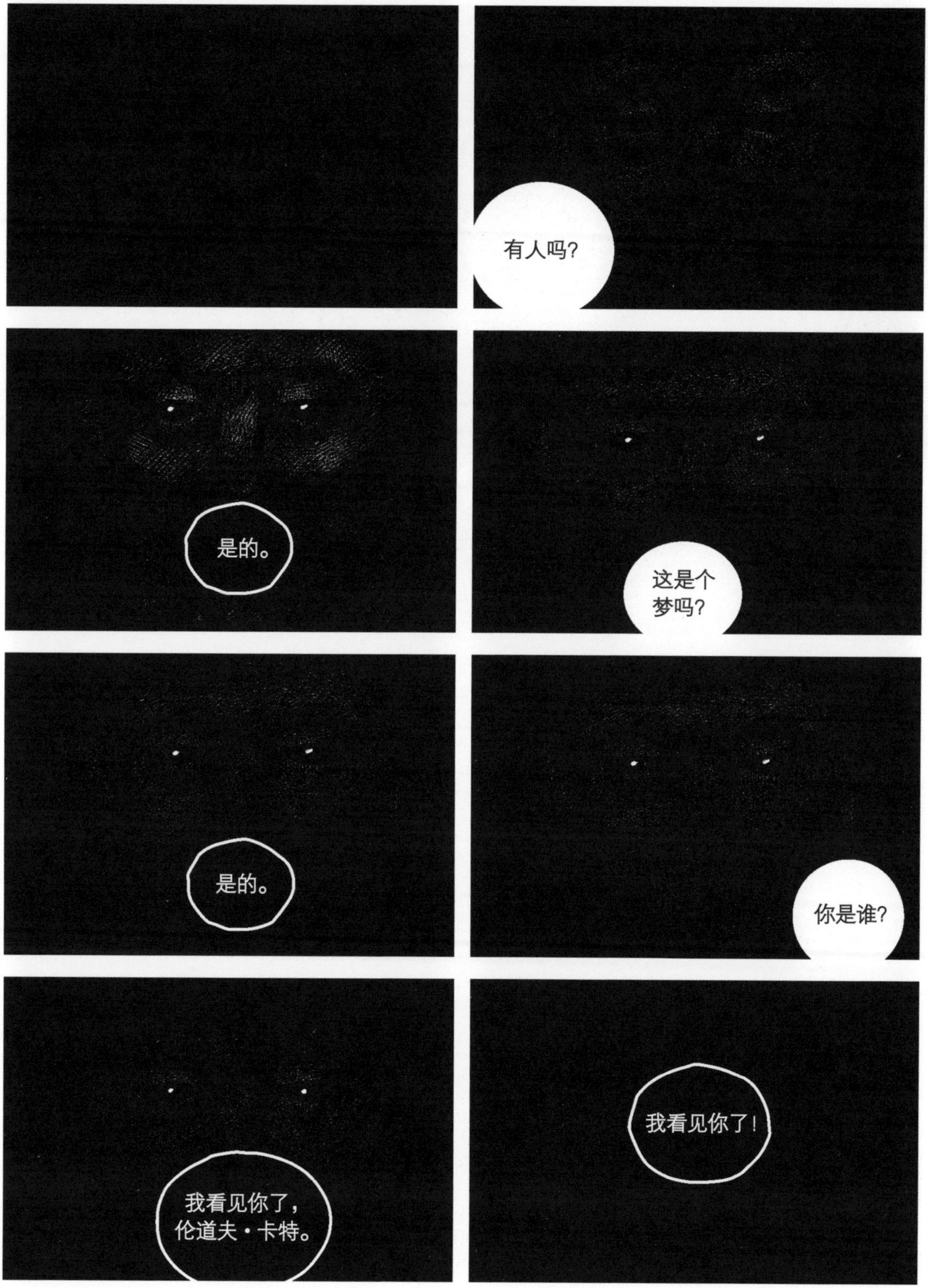
有人吗?
是的。
这是个梦吗?
是的。
你是谁?
我看见你了，伦道夫·卡特。
我看见你了!

啊！
我在哪儿？
你要把我带到哪里去？
你们要去哪里？
看看你周围，你看不到吗？
你看到西面的玄武岩石柱了吗？你知道那后面是什么吗？
任何睿智的旅梦人都知道我们正在去往其他世界的大门前……去往属于蕃神的领域。

你要带我去卡达斯？
不对，这事是因为我在**寻找**卡达斯，对吗？有人出钱要我的脑袋？
所有东西都有一个价钱。

天哪，你们到底是什么东西?
哈!
咔嚓
你不是他们的主人……
对不起!请停下!
你是他们的奴隶!
不!
滋啦!

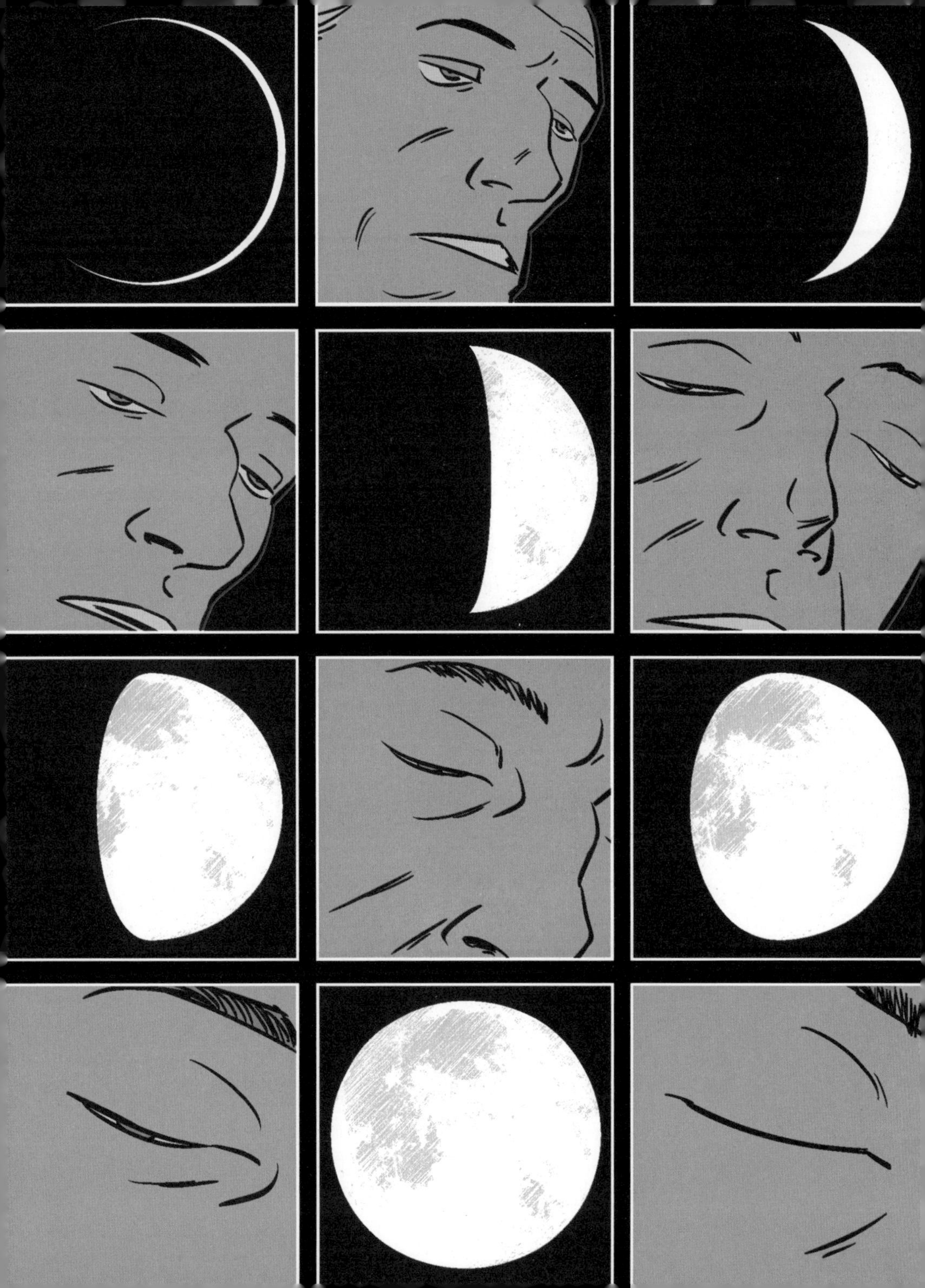

上帝啊!

我看见你了！
伦道夫·卡特！
我看见你了！

奈亚拉托提普！
奈亚拉托提普！
奈亚拉托提普！
奈亚拉托提普！

吼吼吼吼!!!
喵喵喵喵!!!
喵喵!!!

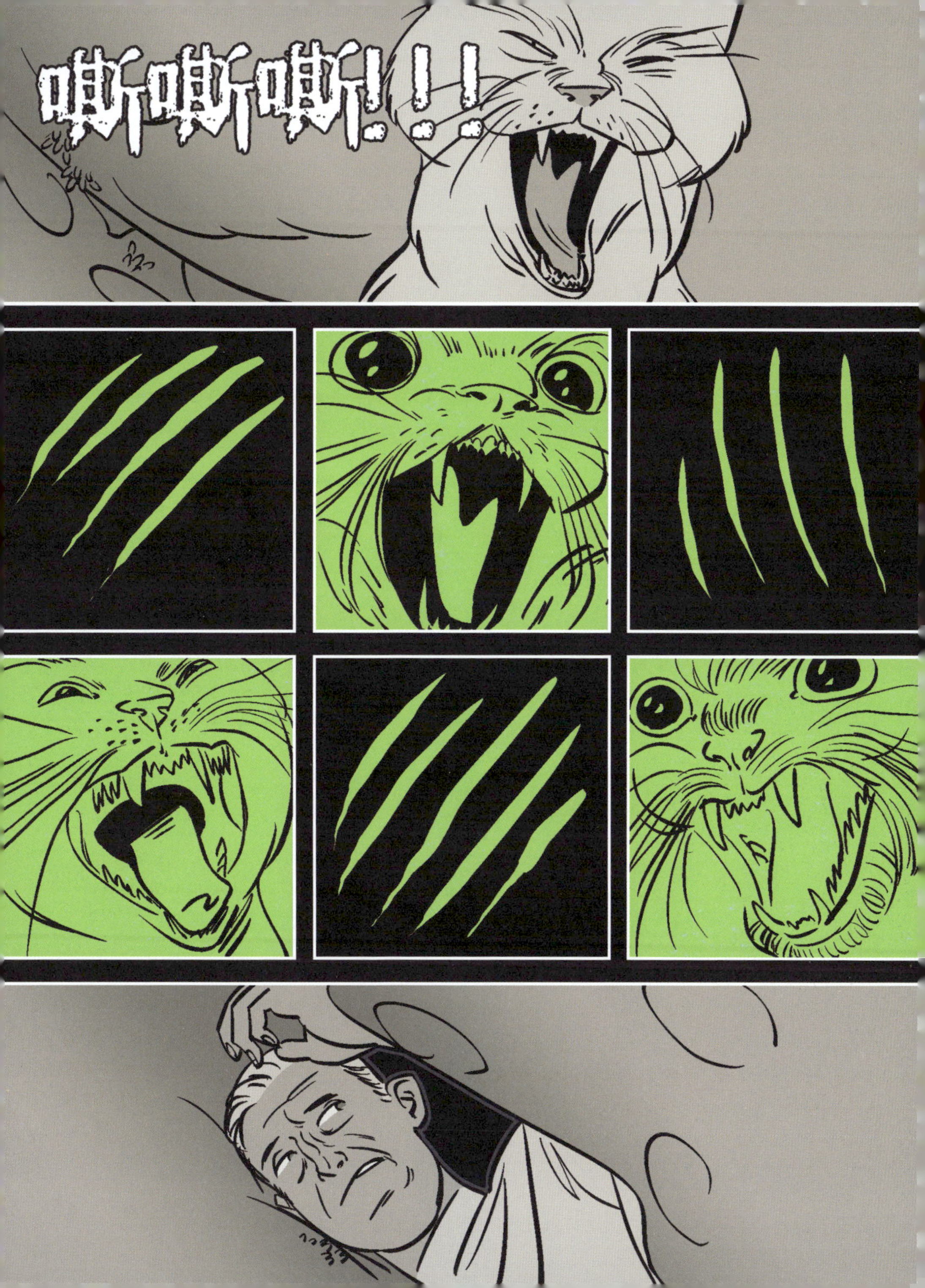
嘶嘶嘶!!!

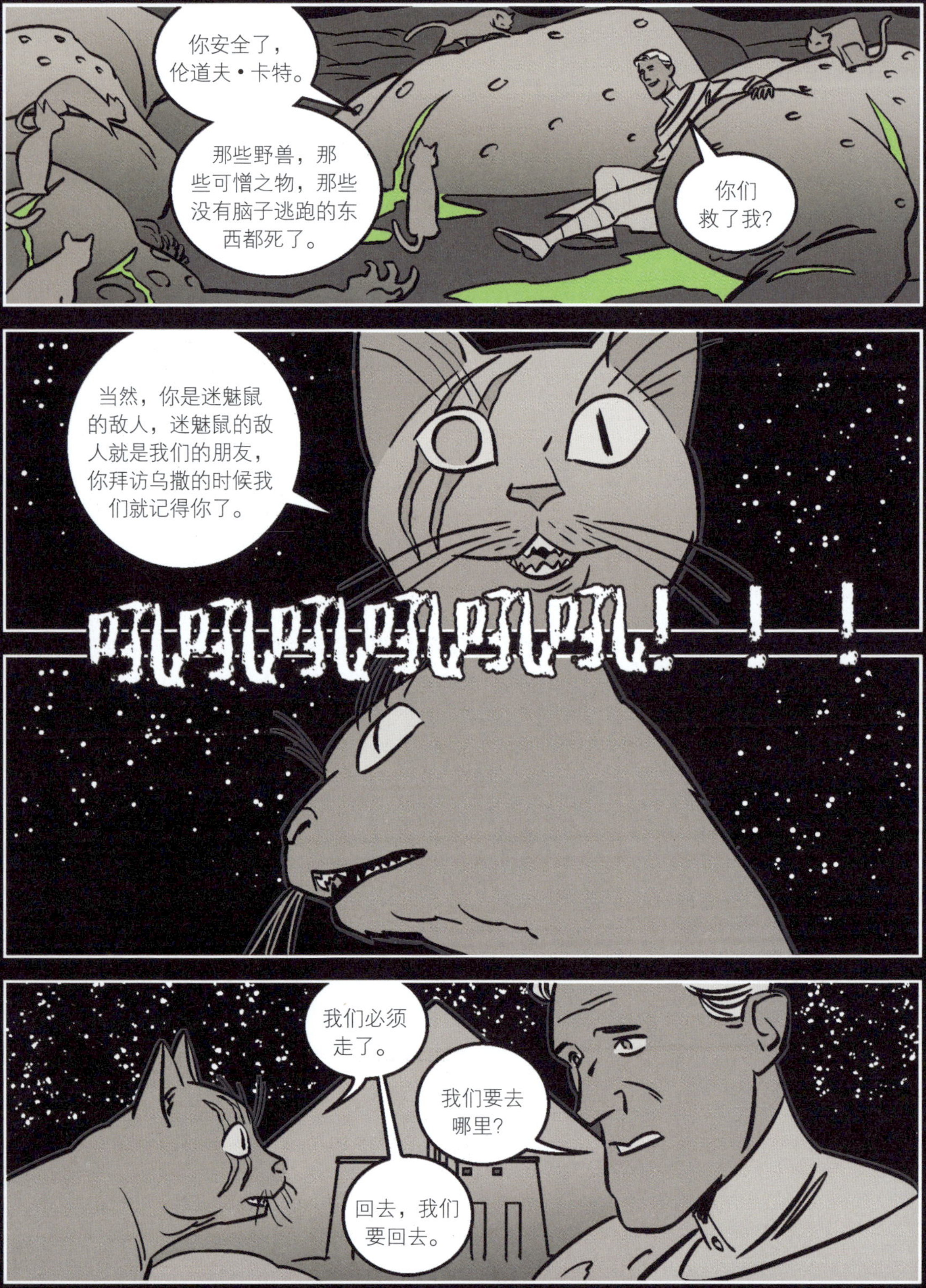
你安全了，伦道夫·卡特。
那些野兽，那些可憎之物，那些没有脑子逃跑的东西都死了。
你们救了我?
当然，你是迷魅鼠的敌人，迷魅鼠的敌人就是我们的朋友，你拜访乌撒的时候我们就记得你了。
吼吼吼吼吼吼吼吼！！！
我们必须走了。
我们要去哪里?
回去，我们要回去。

你们有船离开这儿？
没有船。
那我们该怎么回去？
和来的时候一样，我们跳。
跳？
跳。

又一个梦中之梦?
并非如此。

在月亮上经历过那些事情后，你肯定已经很累了。
起码我已经准备好小睡一会儿了。
再会，卡特，注意安全，请小心挑选路上的同伴。
如果你需要我们的帮助，叫一声就行了。
我会的，谢谢你。

为了一些很少有人见过的东西，你旅行得可真够远的。错误之面，我们都这么叫山的那一边，那可不是个好地方。
有些传闻说夜魔住在那座山峰顶端附近的洞穴里。
它们长什么样子？
我们不该谈论它们，据说，如果有人经常想起它们，那些东西就会挥之不散地侵扰他们的梦境。
您知道卡达斯吗？在旅行路上，您听说过有关一座夕阳之城的事情吗？

不知道。这个世界上有许多人们根本不想去知道的事情，更别提与其他人谈论这些事情了。所以，抱歉，我不知道。
"我们会向东航行三天，然后顺着潮水转向南方。

“陆地，前方！”
要是你再走这条路，请一定来我家坐坐，我在亚斯湖的岸上有座房子，那湖在距离海不远的内陆里，只要你乐意，我们随时都欢迎你与我们共进晚餐。
谢谢，您真是太客气了。
记住我的话，留心山顶的那些洞穴。
我会的。

“一路顺风，
我的朋友。”

你必须待在这里，贝丝，对你来说这路实在太陡了。别担心，我会回来的。
我肯定会的。

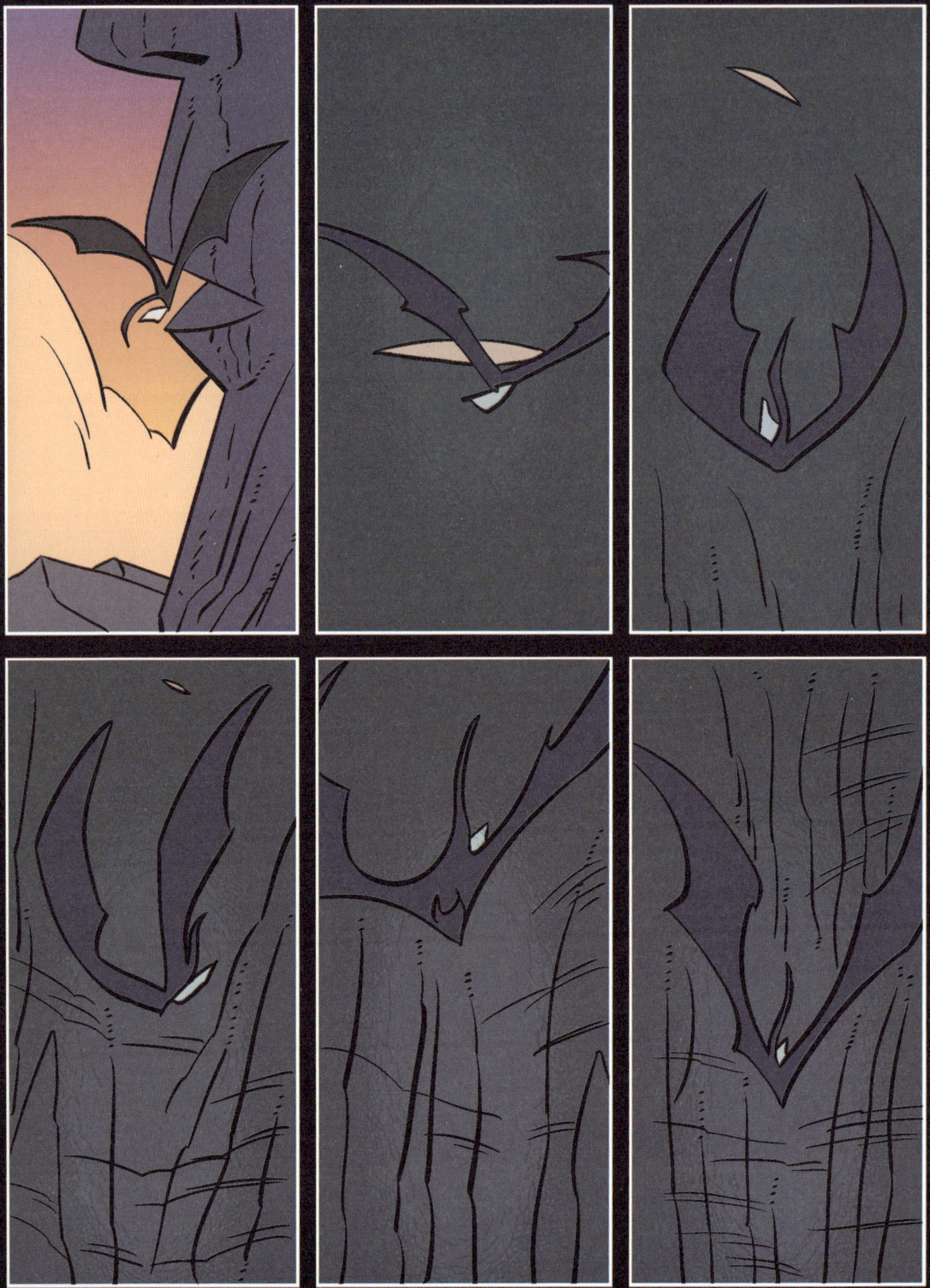

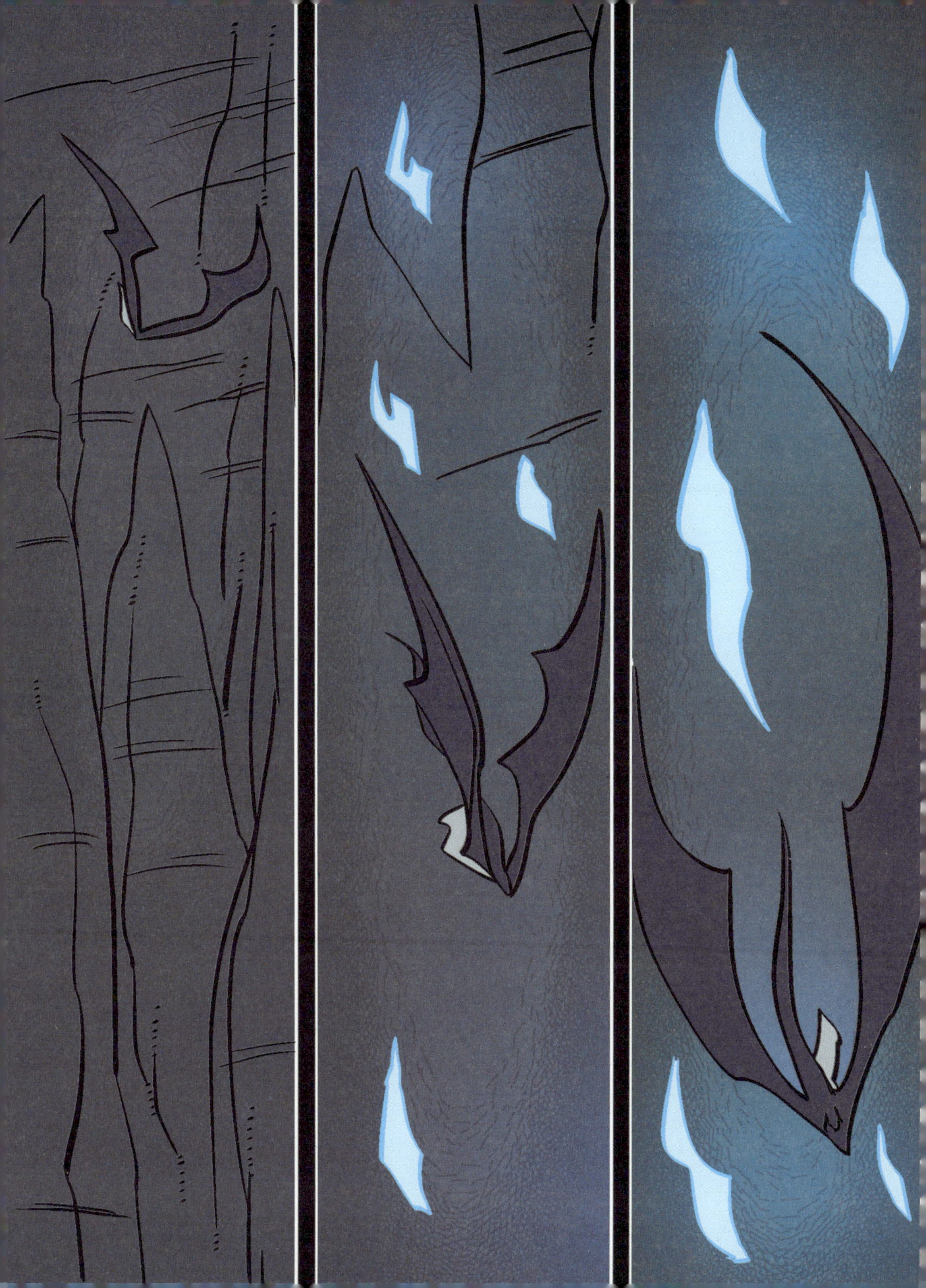

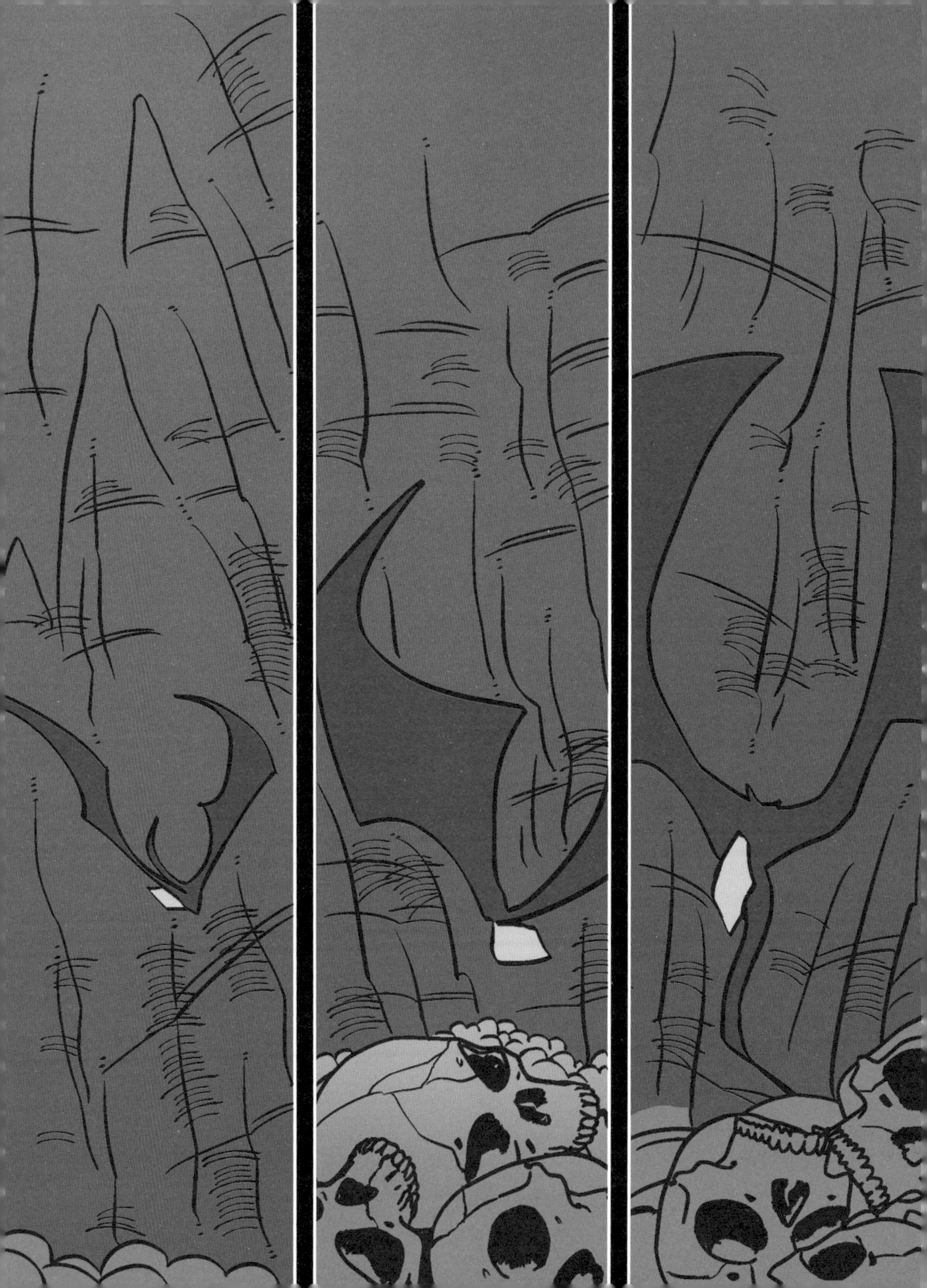

卡特，是你吗？
皮克曼？！
是你！
抱歉，我肯定弄错了，我听见你的声音，以为你是皮克曼。
肯定是他教会了你说话。
他在这里吗？
他在哪儿？
在这里。
皮克曼？理查德·厄普顿·皮克曼？
正是在下。

你看起来……
不一样了……
这是……这是什么?在哪里……谁?
塞勒菲斯，码头上的一个商人。
塞勒菲斯?所以，塞勒菲斯有很多这副模样的人?
是的。水手们每年会乘着黑船从北方抵达那里，用缟玛瑙交换雕刻好的翡翠，纺织出来的金线和会唱歌的红色小鸟。
我接下来正要去塞勒菲斯。
那么，你就要回到迷魅森林，穿过奥克拉诺斯河边的园地，前往斯兰的镀金群塔，然后再找一艘桨帆船穿过塞雷纳利安海……但是，不，不，不。
有什么问题吗?
危险，我们食尸鬼不会去，上方梦境世界里的墓园，那里属于妖鬼，那些在死城里出生的东西，要是从这里返回迷魅森林，你会面临许多危险……
古革巨人。

古革巨人，一些长毛的巨大生物，它们在迷魅森林里竖起巨石圆环，向蕃神与“伏行之混沌”奈亚拉托提普献上奇怪的祭品……
奈亚拉托提普？
……直到有一晚，尘世诸神知晓了它们的可憎行径，于是将它们放逐到了森林下方的洞穴里。
食尸鬼的世界与迷魅森林之间的唯一通道是一道巨大的石头活门，但古革巨人害怕打开那道门，因为它们会遭到诅咒。
我想象不出一个凡人旅梦者要怎么穿过它们的洞穴世界，因为它们渴望你和你同类的血肉。
那么还有别的路吗？
萨尔科曼德，那是一座位于冷原下方河谷里的荒城……但那里也有特殊的危险，或者你可以从某个墓地返回清醒世界，然后重新开始你的旅程。
我不能返回清醒世界，我已经走了这么远，我担心我会忘记之前了解到的一切。

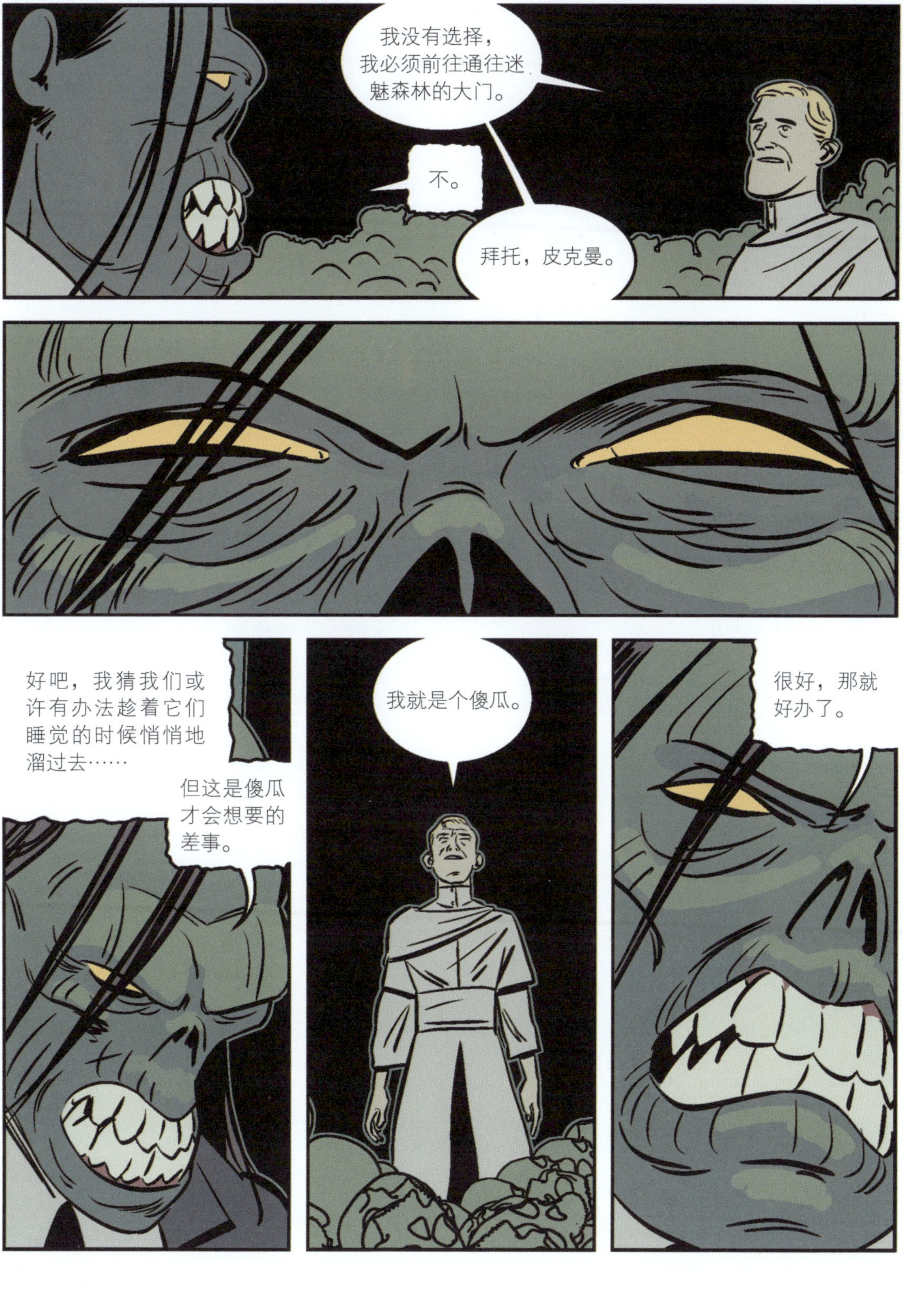
我没有选择，我必须前往通往迷魅森林的大门。
不。
拜托，皮克曼。
好吧，我猜我们或许有办法趁着它们睡觉的时候悄悄地溜过去……
但这是傻瓜才会想要的差事。
我就是个傻瓜。
很好，那就好办了。

"你必须抵达位于古革巨人城市中央的高塔，那上面烙着科斯之印，你会看到它的，你会在塔里找到通往出口的楼梯。"
"这些隧道会将你带向一处距离科斯之塔不远的墓地，我会派我的三个兄弟与你同行，但要小心……"
"距离墓地不远处有一个很大的洞穴，辛之墓室的入口。"
"妖鬼潜伏在那里面，妖鬼憎恨食尸鬼，也恨古革巨人，非常原始，非常愚蠢。"

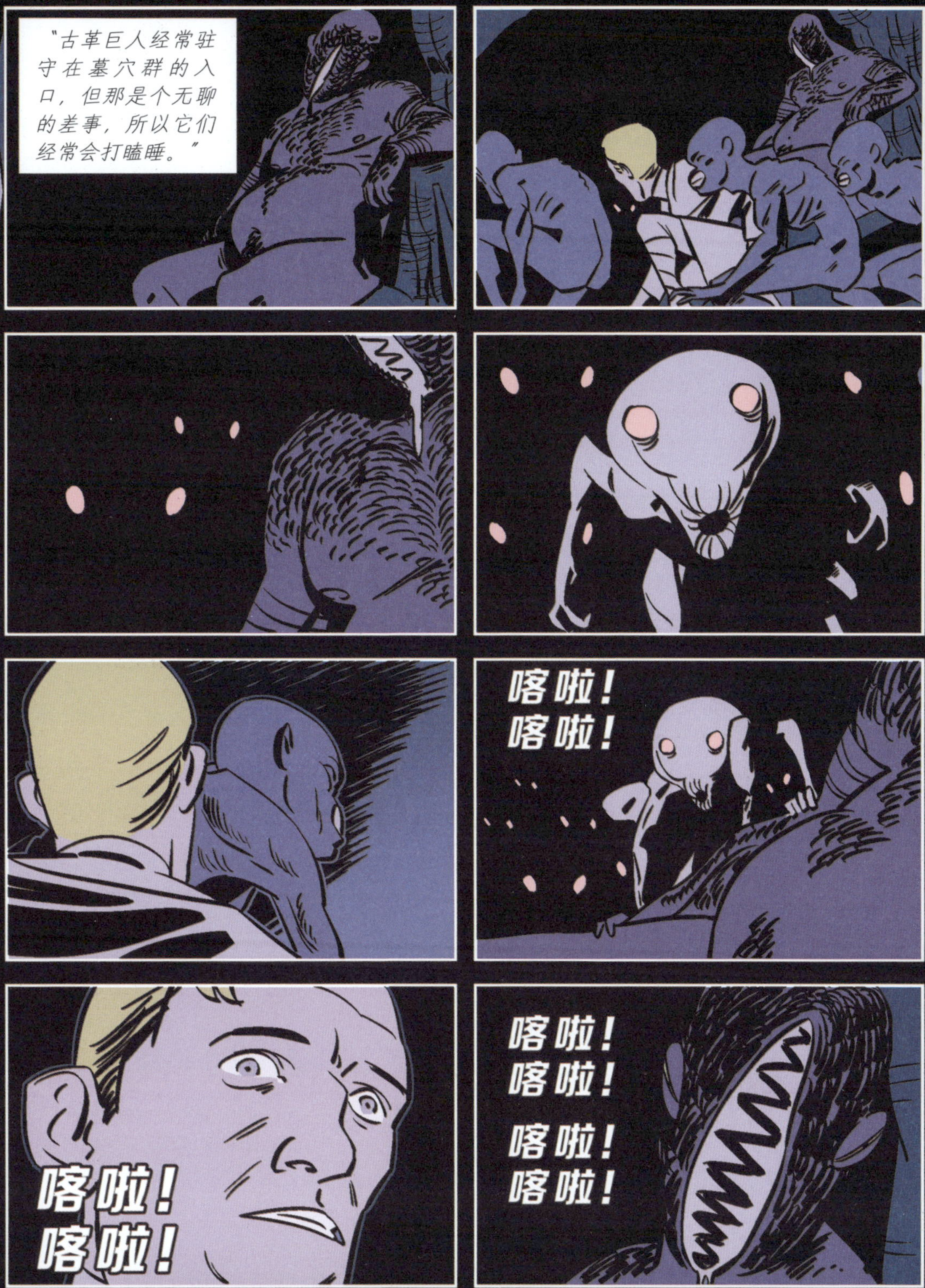
“古革巨人经常驻守在墓穴群的入口，但那是个无聊的差事，所以它们经常会打瞌睡。”
喀啦！喀啦！
喀啦！喀啦！
喀啦！喀啦！
喀啦！喀啦！

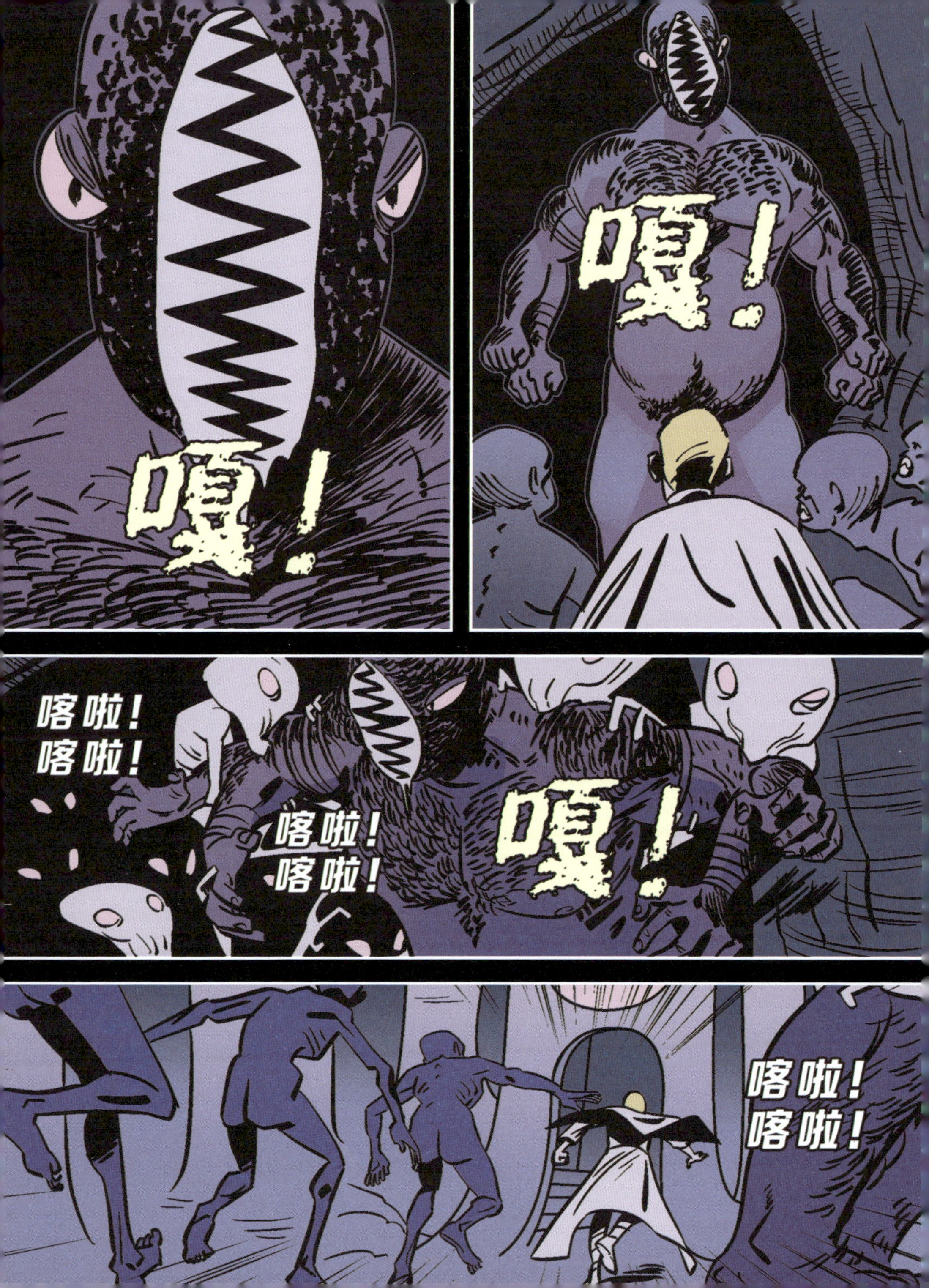
嘎！
嘎！
喀啦！
喀啦！
喀啦！
喀啦！
嘎！
喀啦！
喀啦！

喀啦！
喀啦！
喀啦！
喀啦！
嘎！
嘎！
喀啦！
喀啦！
啊啊嘶嘶嘶嘶嘶嘶

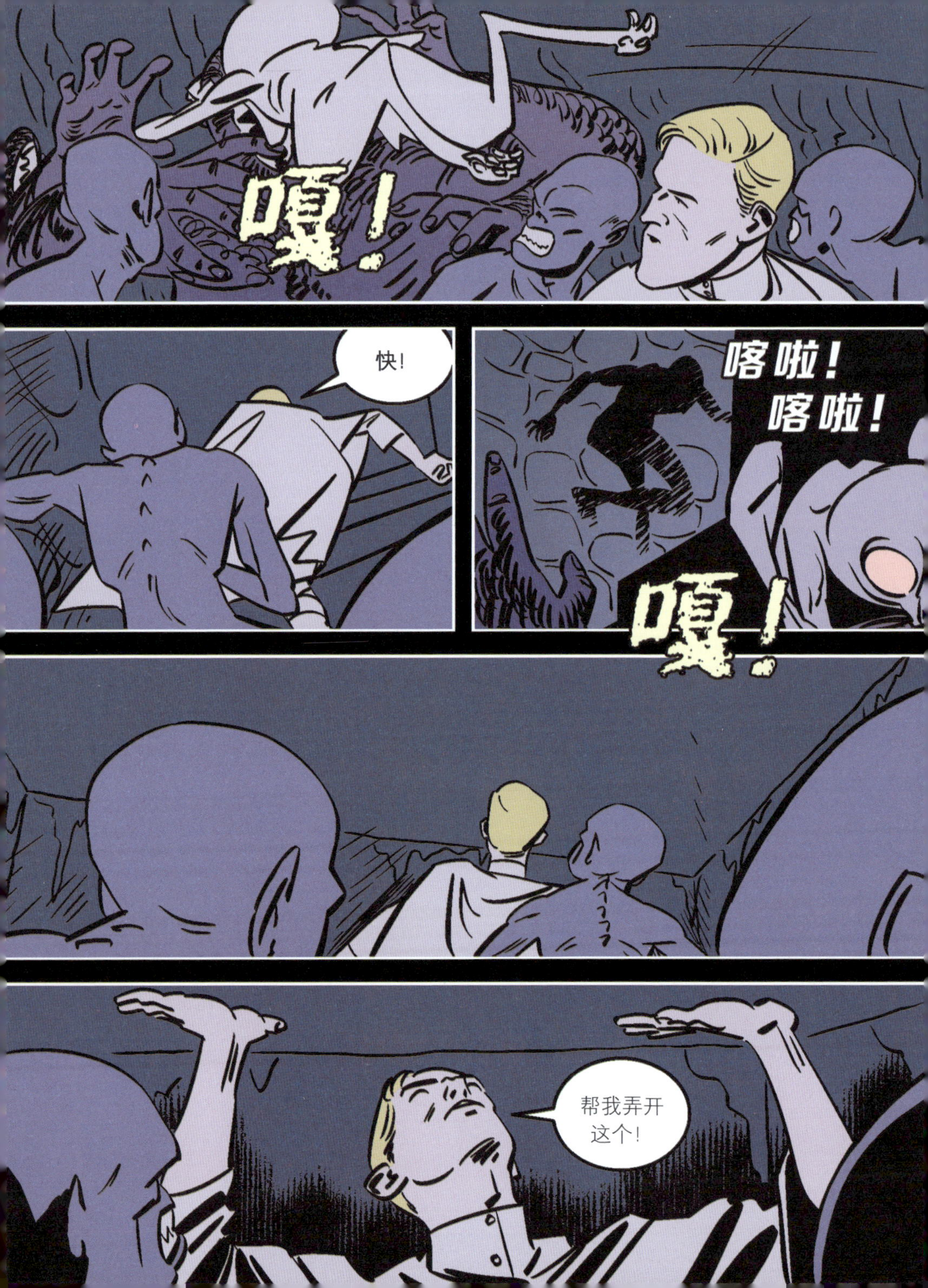
嘎!
快!
喀啦!
喀啦!
嘎!
帮我弄开
这个!

咚！

啊，好吧……呃……谢谢你们……
小心点儿，这片森林里到处都是——
迷魅鼠。
嗦嗦
嗦嗦
嗦嗦

卡特！很高兴见到你，我的朋友！
我以为——
迷魅鼠？它们不会再找你的麻烦了。你可以管这叫一次预防性的作战行动，我们的探子注意到它们在进行作战动员，它们应该多想想的。
你的探寻之旅进展得如何？
我必须去往塞勒菲斯。

"请允许我们将你护送到林地边缘。"

“我会给塞勒菲斯那里捎个话。”
“确保你能安全抵达。”

很高兴认识你，卡特。
别那么吃惊，我知道你与乌撒的猫结盟了，这件事传得很快。
那么，你知道我为什么来这儿了？
确实如此，
我已经注意到了，也打听过了，
你想找的那些人来自因堪诺克。他们不太像尘世里的人，但不会有哪只猫仅仅因为这事就想要登上他们的船去一探究竟，绝不会。
没有哪只猫能够忍受因堪诺克的阴影，
那个冰冷刺骨的昏暗王国里永远也听不到一声愉快的呼噜声，或者舒适的喵喵声，
那里总会让人有些许置身外层空间的感觉。猫不喜欢这种感觉，在这一方面我们比人类更敏感。

我去见了一个从索拉本尼亚来的朋友，他在那边的缟玛瑙采石场工作，我用一点儿月亮酒撬开了他的嘴。
他说起了那边的山脉，还有山脉后面的东西。
“冷原的边缘有许许多多高耸的山峰，而那些山峰脚下有一片荒漠。”
“人们害怕那里。”
“那个充满了邪恶的地方以及那些无名的哨兵衍生出了许许多多的传说。”
至于那里是不是传说中秘境卡达斯所在的荒漠……他也不敢确定。他只是说，将哨兵部署在那样的地方实在有些奇怪，除非这其中有什么特别重要的理由。
另外，你的朋友正在宫殿里等你。
哦？朋友？
库拉尼斯王……

"他很期待与你再次见面。"
你想见我，陛下？
是的，老伙计，慢慢来，不用着急。
老伙计？等等，是你吗？埃利——
啊！你不能说出我在人世里的名字，因为我已经放弃那个名字了，而且我也不想再回忆起它。
是你！老朋友！
你在说谁老？

我厌倦了七十重喜乐之宫，我是说七十重喜乐？只有七十重？至于说云城……好吧，一旦你做到了……
所以你用梦创造了这个？
家的一小点儿残影。
我让许多样貌最接近英国面孔的人住在里面，还让他们学着用英国口音说话……不过，他们还没能掌握诀窍。
距离这里不远的地方有一个村庄……我在那里建了一座很大的诺曼式修道院。
能看见吗？
啊，是的，我看到了，你想家了。
啊，或许有一点儿，是的，我敢说我想家了。
你从梦里醒来就可以了。
那么，我又该去哪里呢？波士顿？那里不是我的家，从来都不是。

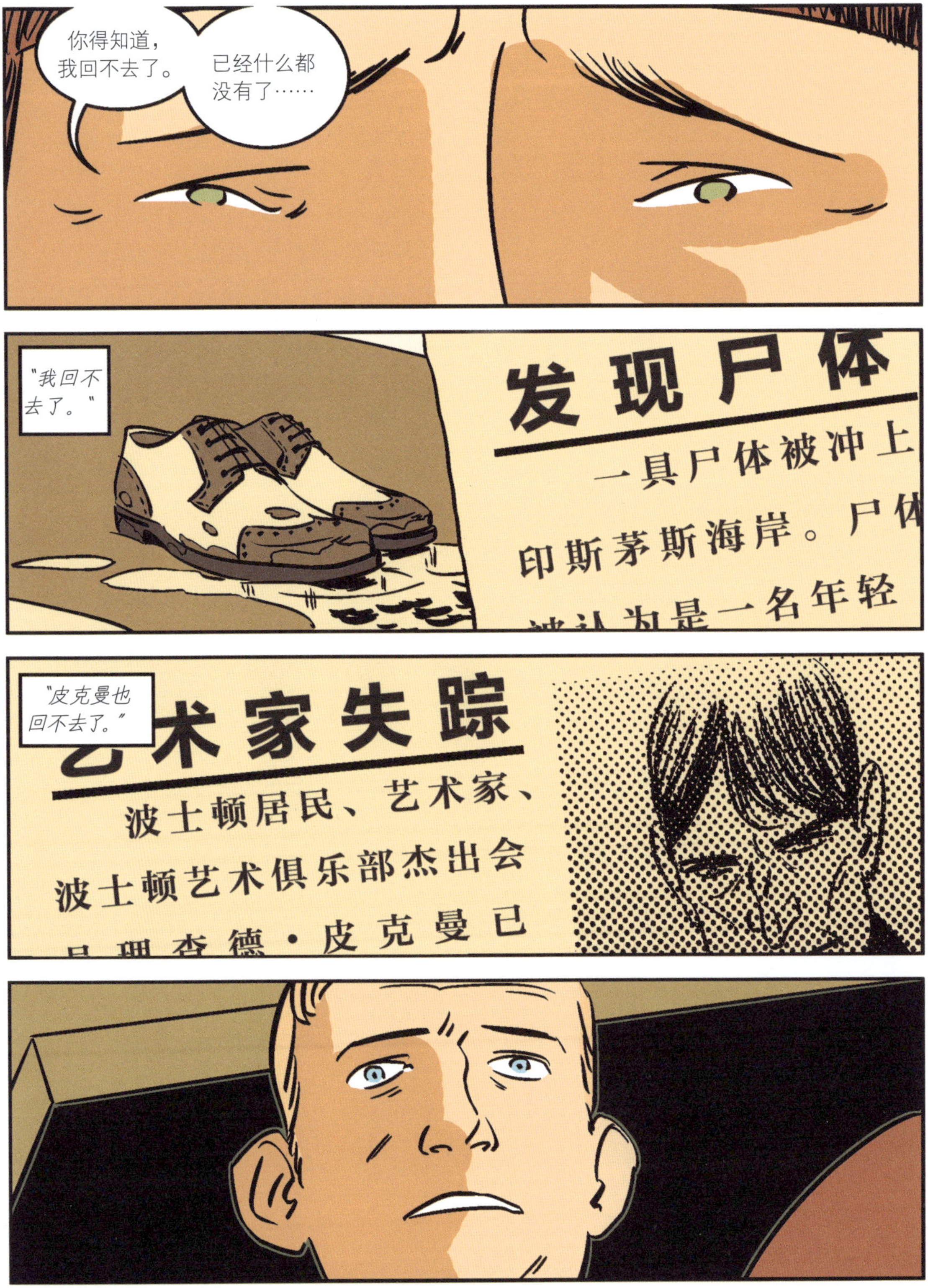
你得知道，我回不去了。
已经什么都没有了……
"我回不去了。"
发现尸体
一具尸体被冲上
印斯茅斯海岸。尸体
是一名年轻
"皮克曼也回不去了。"
术家失踪
波士顿居民、艺术家、
波士顿艺术俱乐部杰出会
·皮克曼已

我很抱歉。
噢，来吧，卡特。我们别再为这件事悲伤了。
我现在是梦境之地里的一位君王，一切想象的壮丽与奇妙，辉煌与优美，狂喜与快乐，新奇与刺激，全都要听从我的吩咐！

是的，好吧……
我知道你为什么在这儿。
但是，不，我不知道它在哪里。
"我在空间的遥远边缘了解了许多有关蕃神的知识，尤其是那些不存在形体的领域，一些有颜色的气体在那里研究最深邃的秘密。"
"紫罗兰色的气体辛咖珂告诉了我一些关于'伏行之混沌'奈亚拉托提普的可怖之事。它警告我永远也不要接近位于最中央的虚空，因为恶魔之王阿撒托斯就在那片虚空的黑暗里饥饿地撕咬。"
总之，干涉旧日之神绝对不会是一件好事，如果他们坚持禁止你涉足那座精美绝伦的夕阳之城，那么你最好还是不要去寻找那座城市。

你自己也梦到了塞勒菲斯，并且花了许多年想要回到这里。
但当我找到它，并最终成为统治这片美妙土地的国王后，我发现自己很快就厌倦了这种自由与鲜活。它们变得单调又乏味，因为对于这类感觉与记忆的渴望已经给我的少年生活留下了深刻的影响。
如果我能够变回那个简单的男孩，然后在纯粹与宁静的英格兰待上一天的话，我宁愿永远放弃自己手里所有的权力、奢华与自由。
你的那座夕阳之城里或许并没有你追寻的东西，
或许，最好还是把它留在一个只能隐约记得的辉煌梦境里。
但看起来不论我说什么都无法改变你的想法，老伙计。

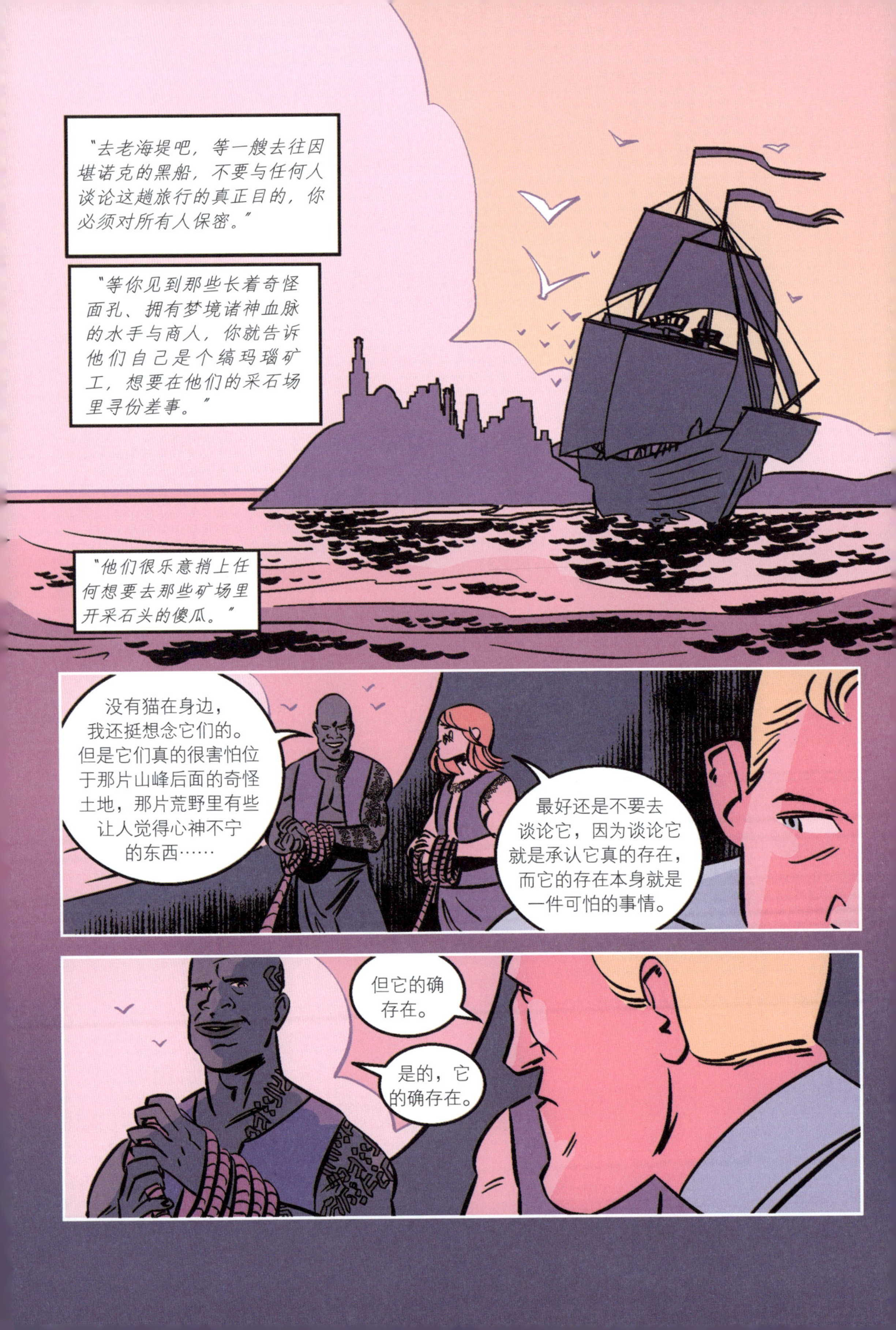
“去老海堤吧，等一艘去往因堪诺克的黑船，不要与任何人谈论这趟旅行的真正目的，你必须对所有人保密。”
“等你见到那些长着奇怪面孔、拥有梦境诸神血脉的水手与商人，你就告诉他们自己是个缟玛瑙矿工，想要在他们的采石场里寻份差事。”
“他们很乐意捎上任何想要去那些矿场里开采石头的傻瓜。”
没有猫在身边，我还挺想念它们的。但是它们真的很害怕位于那片山峰后面的奇怪土地，那片荒野里有些让人觉得心神不宁的东西……
最好还是不要去谈论它，因为谈论它就是承认它真的存在，而它的存在本身就是一件可怕的事情。
但它的确存在。
是的，它的确存在。

不过还是有许多人愿意在采石场里工作。因堪诺克就是用那里开采的缟玛瑙修建起来的。
他们有许许多多的采石场可选……但有一座采石场，它在遥远的北方，几乎是在冰冷荒漠里，没有哪个生活在因堪诺克的人愿意承认它真的存在——那是一座没被启用的采石场，它比其他所有采石场都要大，在早已被遗忘的过去，曾有什么东西在那座采石场里开凿了巨大得无与伦比的缟玛瑙。只要看一眼那些开凿石材后留下的空穴，就会让人觉得惊恐不已。
你说没有哪个生活在因堪诺克的人会愿意承认它——
我是从乌撒来的。
啊，我明白了。
那么，你知道那个采石场是谁挖出来的吗？
不知道。
我也不会去猜那些巨大的石块是如何被运送出去的。
但它们肯定有着无与伦比的价值……
或许吧，但大多数人都同意不要去惹麻烦，就留给渡鸦与夏塔克鸟去注视和寻思那些石头吧。

那是块石头吗？
它看起来……
有东西住在
那里吗？
它没有名字，
没人愿意去那里看
一看。晚上的时候，
那里会传出奇怪
的声音。
是号叫。你从未
听过那样的号叫。许多
人在船上祈祷、诵唱圣歌，
想要把它驱走，否则他们
就会做可怕的梦，他们
在梦中做着梦。
我们不会
在这里待
太久的。

陆地！

陆地！
当！当！当！
那是旧日之神的神殿，据说一个掌握着重要秘密的年长高阶祭司统治着那里。
祭司们与城市里的居民都拥有着远古的智慧，并且虔诚地保持着梦境诸神的旋律，据说那些旋律就记录在一些比《纳克特抄本》更加古老的卷轴上。

他们是谁?
从北面冷原另一边的山谷里来的流浪者。
从那些无法通过的山峰的另一边来的?
传说是这样的。
还有什么东西“传说”是从那些地方过来的?
商人——贩卖夏塔克鸟蛋的商人。从夏塔克鸟那里弄到的。
我估计也是……
“据说所有夏塔克鸟的父亲都居住在蒙面王的宫殿里，它会向那些好奇的人送去古怪的梦境。”
“据说夏塔克鸟非常邪恶。”
据说?
没有人真正见过它们。
好吧，当然没有。
你说北方?

“嗯，北方。”
轰隆隆!!!!
你要去哪里，朋友？

我能在哪里找到新的缟玛瑙崖壁……
不要走太远，听到了吗？不太安全。
我不会冒险的，除非迫不得已。
好的，一定要小心，这里什么也没有，只有些远古留下的恐怖事物，它们比那些岩石还要古老。
谢谢，我会的。
嘘——嘘，别回头。
哞……
哞！
加把劲儿！

哞！！

不！！
哞！
喔呼！
喔呼！

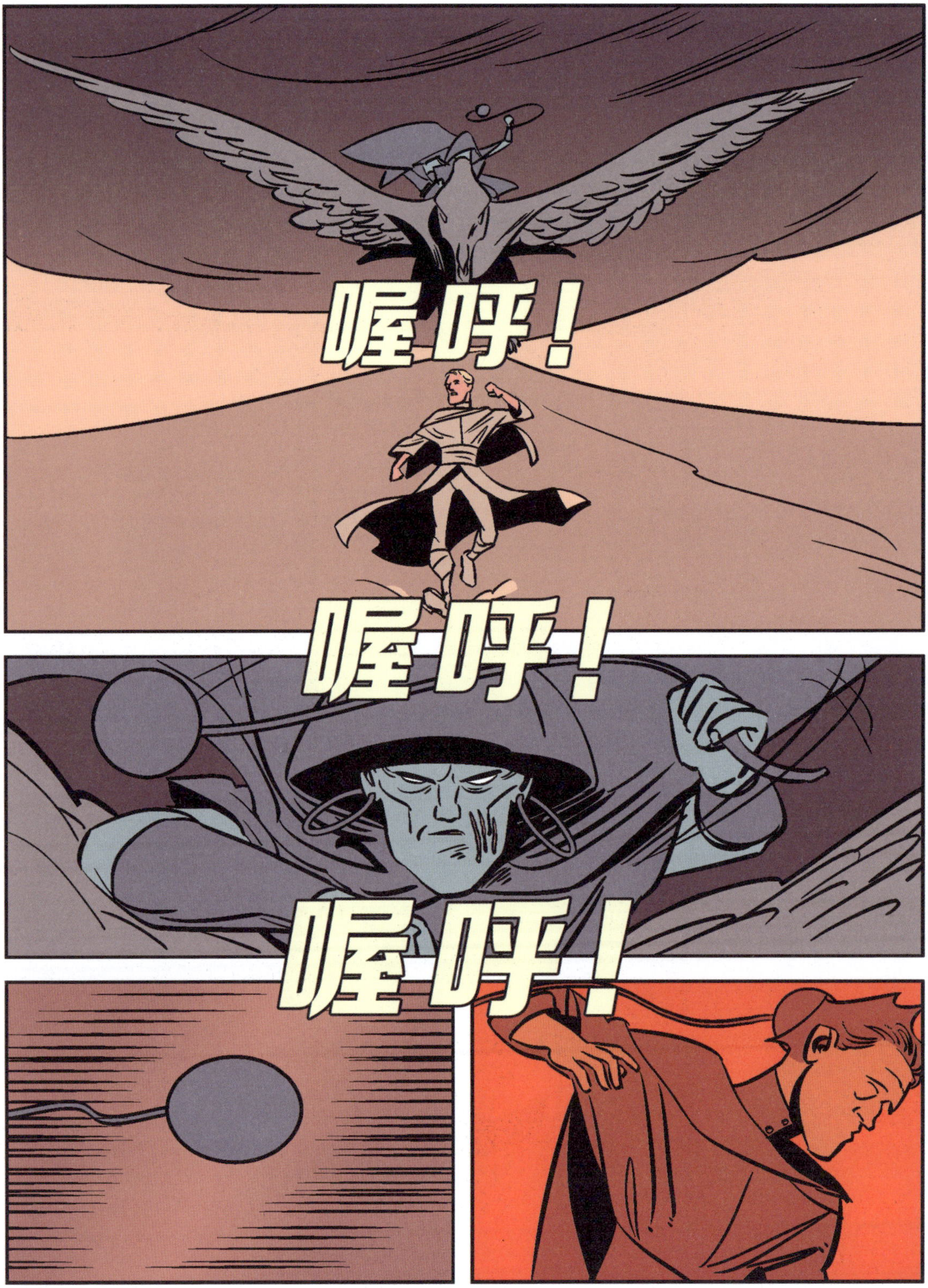
喔呼！
喔呼！
喔呼！

你要把我带到哪里去?
这里……是冷原吗?

我知道你不太能言善道，但我猜你是在为那些更加阴暗邪恶的势力服务。你让那些在狄拉斯－利恩的商人抓住了我，把我带到了月亮上，是不是？
你要把我带给奈亚拉托提普，是不是？
你可以随便做些什么表示一下，我知道我说得没错。
喔！
我就当你同意了。

你……
你是谁?

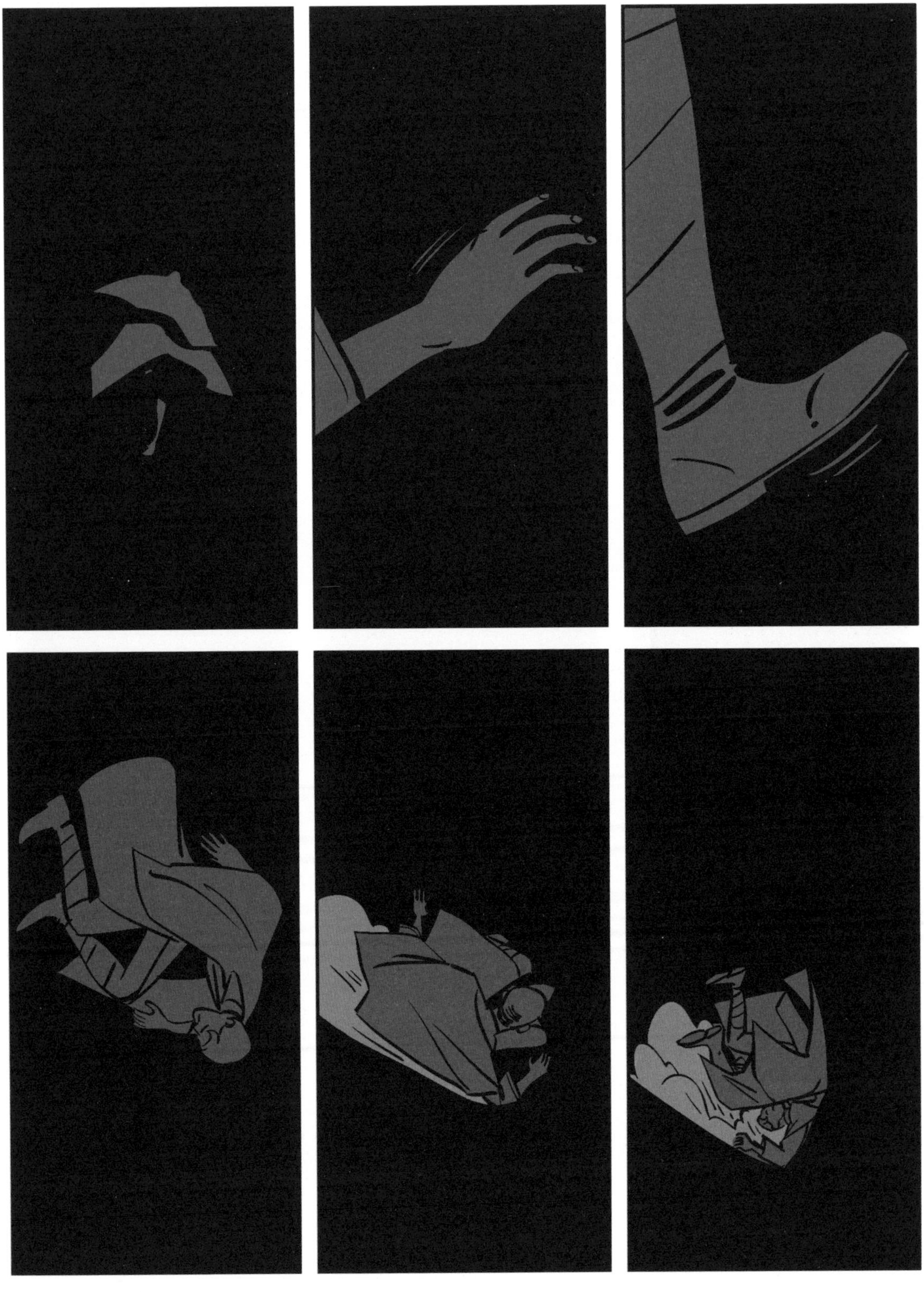

啊呼！！

啊呼！！
啊呼！！
啊呼！！
啊呼！！
啊呼！！

啊呼！！
啊呼
让它们闭嘴，我不管你做什么，总之让它们给我闭嘴。
啊呼！！
啊呼！！
啊一
你怎么会想着拿剑去捅它们?
你自己说的，不在乎我干什么。
行，我们在这里扎营,休息，把尸体给烧了。
你知道吗?这里曾经是我们的家园。
然后它们来了，抢走了一切。
为了什么?
曾经伟大的萨尔科曼德就这么放着慢慢烂掉。
安静，它们或许不怎么说话，但它们听的可不少。
而且我知道它们一直在听。

皮克曼！
我的
好朋友！
能见到
你，我真是
太高兴了！

我猜你们和夜魔结盟了？
当然，它们是我们的先锋、我们的战马。你的探寻进展得如何了？
不能更近了。
什么，在萨尔科曼德？
有些事情你应该知道，有一艘黑色桨帆船停靠在这里，那些从北方来的宽嘴红宝石商人在船上。
我相信你派去协助我的那些食尸鬼就在船上。
那他们肯定不会回来了……
很抱歉，是的，那些商人确保他们不会回来了。
必须走到这一步了。
哪一步？

“开战。”
?

!
咔嚓！！！！！

?
啪!
!
啪!
啪!
啪!

啪!

现在恐怕我们必须得分别了，因为我得继续往北走。
不过我想求你一件事。
说吧，听从吩咐。
我能借一只你们的夜魔吗？

你问我要这个?
是的。
我不能答应。
但——
我不会答应的，也不会再听你多说一句。
因为我们会随你一同前进。
啊呼!!
啊呼!!
啊呼!!
啊呼!!
啊呼!!
啊呼!!
啊呼!!

继续前进！

有人吗？
无人在家。

他们已经迁往别处。
你梦中的夕阳之城太过美妙绝伦，因此他们放弃了此处，迁往了那里。
什么？
你的梦太过美好。
你当明白此非梦境之地的幸事，尘世诸神将他们的王座交给了结网的蜘蛛，将他们的国度交给了想要用邪恶行径动摇整个统治根基的他者。
那些自外而来的力量带来了混沌、恐怖与彻底的毁灭，你必须前往你的梦中之城，你必须立刻动身，赶着那些玩忽职守的懒散神明穿过北天的微光，回到这秘境卡达斯的顶端，回到本属于他们的位置上来。
但……怎么去那里？我该怎样才能到那个地方？

你并未失去去往那里的道路，卡特。
你并不需要走向茫茫未知，你需要的是回溯那些熟悉的岁月……
回到你幼年时的那些灿烂而奇异的梦境里去，回到你在那段充满奇迹的日子里于阳光中短暂瞥见的景致中去，因为那座金色大理石城市不过是你孩童时见过并喜爱过的一切事物的总和。
你只需要返回聪慧童年时曾有过的梦景与思绪就能够找到它。

你怎么……
你必须问问自己，究竟我是你所梦到的一部分，抑或你是我所梦到的一部分？

现在，
追随你的内心，
让它引导你，这只
鸟会跟随你的念头，动
作要快，卡特，因为时
间已经所剩无多。
将尘世间的诸神
都送回来，并向一切宇
宙祈祷不要遇见我的另
外一千个面目。
别了，伦道夫·卡特，
你当小心，因为我即是奈
亚拉托提普，我即是伏行
之混沌，而你不可失败。

“你只需要返回聪慧童年时曾有过的梦景与思绪就能够找到它。”
“返回聪慧童年时曾有过的梦景与思绪。”
“返回聪慧童年时曾有过的梦景与思绪。”
“……返回……”

“因为令人惊骇的终极危险就藏在那些深渊之中，它在一切有序宇宙之外的无垠中央，任何梦境都无法触及的地方。它翻滚冒泡，亵渎着一切神明……”
“那是无所限制的恶魔之王，无人胆敢高声言及它的名讳。”
“紫罗兰色的气体辛咖珂告诉了我一些关于‘伏行之混沌’奈亚拉托提普的可怖之事。”
“它警告我永远也不要接近位于最中央的虚空，因为恶魔之王阿撒托斯就在那片虚空的黑暗里饥饿地撕咬。”
等等！

你要把我带到哪里去？
这是个圈套！
“你必须问问自己，究竟我是你所梦到的一部分，抑或你是我所梦到的一部分？”

不！这是我的梦，这是我的，我能醒来。
我能醒来！
我能醒来！
我能醒来！

呃啊！

它是波士顿城中那些位于山坡上的屋顶与被落日烧红的西面窗户所散发出的光辉；是记忆里我的奶妈在春天里第一次推着我的摇篮出门时，我所看到的一切景象；也会是我此生用满怀爱与回忆的双眼所看到的东西。

塞勒姆，马布尔黑德，普罗维登斯，纽波特，金斯波特还有阿卡姆，它们就是我那座夕阳之城的一部分，因为它们就是我。
新英格兰的土地养育了我，她将不会消亡的爱灌注进了我的灵魂。
多年的记忆与梦想塑造、精炼并且打磨了这份爱，它是我那包含着层层梯台的奇迹。我只需要返回聪慧童年时曾有过的梦景与思绪就能够找到它。

图书在版编目（CIP）数据

梦寻秘境卡达斯 / (美) H.P. 洛夫克拉夫特著 ;(英) I.N.J. 卡尔巴德绘 ; 竹子译 . -- 北京 : 北京时代华文书局 , 2019.10
书名原文 :The Dream-Quest of Unknown Kadath

ISBN 978-7-5699-3174-7

Ⅰ . ①梦… Ⅱ . ① H… ② I… ③竹… Ⅲ . ①科学幻想小说 – 美国 – 现代 Ⅳ . ① I712.45

中国版本图书馆 CIP 数据核字 (2019) 第 260953 号

北京市版权著作权合同登记号 图字：01-2019-1907

First published in 2014 in English by SelfMadeHero
139-141 Pancras Road
London NW1 1UN
www.selfmadehero.com

Original story by H. P. Lovecraft
Adapted and illustrated by I. N. J. Culbard
Edited by Dan Lockwood

梦寻秘境卡达斯

MENGXUNMIJING KADASI

作　　者 | [美] H.P. 洛夫克拉夫特
绘　　者 | [英] I.N.J. 卡尔巴德
译　　者 | 竹　子

出 版 人 | 陈　涛
策划编辑 | 黄思远　王雅观
责任编辑 | 黄思远　王雅观
装帧设计 | 迟　稳
责任印制 | 刘　银　范玉洁

出版发行 | 北京时代华文书局 http://www.bjsdsj.com.cn
北京市东城区安定门外大街 136 号皇城国际大厦 A 座 8 楼
邮编：100011　电话：010 - 64267955　64267677
印　　刷 | 小森印刷（北京）有限公司　电话：010 - 80215073
（如发现印装质量问题，请与印刷厂联系调换）
开　　本 | 787×1092mm 1/16　　印　张 | 9　　字　数 | 77 千字
版　　次 | 2020 年 6 月第 1 版　　印　次 | 2020 年 6 月第 1 次印刷
书　　号 | ISBN 978-7-5699-3174-7
定　　价 | 59.90 元